Sprache spricht mir

Die
Summa poetica
des
Philosophen

Johannes Heinrichs

ARAKI

Die Deutsche Nationalbibliothek verzeichnet diese Publikation im Internet
https://dnb.d-nb.de/

Sprache spricht mir - die Summa poetica des Philosophen
Johannes Heinrichs

Einband: Ölgemälde H.Heinrichs (privat)
Lektorat, Satz & Layout Kerstin Marklofsky
gesetzt aus der Clair
Druck edition-winterwork Borsdorf
www.winterwork.de

ARAKI Verlag Leipzig
www.araki.de
ISBN
978-941848-14-6

INHALT

DREI ZIGEUNER FAND ICH EINMAL

Auf ein Gemälde nach dem Lenau-Gedicht, gemalt von
Heinz Heinrichs, bevor er 1944 im Alter von
dreiundzwanzig Jahren an der Ostfront fiel. Ein Zigeunerbild:
ein Akt heimlichen Widerstandes gegen die NS-Diktatur.
(Abbildungen auf dem Buchumschlag)

Drei Zigeuner
denen das Leben auch nachtet
nicht weil die Geige nicht klänge
nicht weil die Pfeife nicht schmeckte
nicht weil der Schlaf der Traum nicht behagte

Spotten sie der menschengemachten Geschicke
spotten die Machtverachtung verachtend
der Umnachtung gerechten Lebens
vergeigen verpennen verkiffen sie ihr vergeigtes Leben
trotzen sie den fietschenden Ungeheuern aus Gier

Seht diese geifernden Kiefernmäuler
zahnlose Ober- und oder Unterkiefer
über den Köpfen der Ahnungsvollen
und wie eine gewaltige Bestie
alles zermalmend rast übers Land
umglüht vom Abendland-Schein

Seht sie - entdeckt doch die Ungeheuer
im grauen Himmelsnegativ der Idylle
seht die Inter- und Nationalismen
für die auch die Unsern verbluteten
unsere Mehrheitsangehörigen auch wie unser Heinz
was er mit seinem noch heißen Blut malte

Bis heute aber blind für Baumkronenzeichen
schlafen genießen tanzen die Anderen anders
die gelehrten frommen mächtigen
Ehrgeizlinge Mitläufer Profiteure
denen das Leben nie nachtet

Geh unter schöne Sonne im schönen Schein
von Demokratie und Diskursgeschwätz
dem Fuhrwerk müder Qual in trockener Heide
sinke ins Blutbad dieser verdurstenden Erde
Wir warten auf deinen ganz neuen Aufgang

Nach den Gesichtern lange noch schaun
muss ich im Weiterfahren
im Weiterfahren
im weitern Erfahren

Zum besseren Verständnis des Vorhergehenden hier das als Volkslied bekannte Gedicht von Nikolaus Lenau (1802-1850)

Die drei Zigeuner

Drei Zigeuner fand ich einmal
Liegen an einer Weide,
Als mein Fuhrwerk mit müder Qual
Schlich durch sandige Heide.

Hielt der eine für sich allein
In den Händen die Fiedel,
Spielte, umglüht vom Abendschein,
Sich ein feuriges Liedel.

Hielt der zweite die Pfeif im Mund,
Blickte nach seinem Rauche,
Froh, als ob er vom Erdenrund
Nichts zum Glücke mehr brauche.

Und der dritte behaglich schlief,
Und sein Zimbal am Baum hing,
Über die Saiten der Windhauch lief,
Über sein Herz ein Traum ging.

An den Kleidern trugen die drei
Löcher und bunte Flicken,
Aber sie boten trotzig frei
Spott den Erdengeschicken.

Dreifach haben sie mir gezeigt,
Wenn das Leben uns nachtet,
Wie mans verraucht, verschläft, vergeigt
Und es dreimal verachtet.

Nach den Zigeunern lange noch schaun
Musst ich im Weiterfahren,
Nach den Gesichtern dunkelbraun,
Den schwarzlockigen Haaren.

Öfters tritt dein Spiegelbild vor dich

„Hinter einem modernen Gedicht stehen die Probleme der Zeit, der Kunst, der inneren Grundlagen unserer Existenz weit gedrängter und radikaler als hinter einem Roman oder gar einem Bühnenstück. Ein Gedicht ist immer die Frage nach dem Ich, und alle Sphinxe und Bilder von Sais mischen sich in die Antwort ein."

(Gottfried Benn, Probleme der Lyrik)

STURZ DER SCHWALBE

„Wer sucht, der geht leicht selber verloren.
Alle Vereinsamung ist Schuld: also spricht die Herde."
(Friedrich Nietzsche)

Sonst kühltest du die weiße Brust im Übermut.
Und nun von Eisflut nahen Winters
klebt dein Gefieder dir am zitternden Balg
fällst als ein Stein zum Steingrund.
Du fasst nicht mehr die tragendumgebende
Luft die dich einst über Meere trug.
Verloren hast du Verlorener sie
die mit dir zogen.
Manchesmal wieder rauscht es über dich weg.
Deine heiseren Schreie verhallen
wecken Hohn: ist das einer der Unsern?
Schwäche erscheint wohin dich Wagemut trieb
und – ist dein Krächzen noch Schwalbenruf
Kraft zu Ferne und Höhenlust?
So schweig und leide die Nacht.
Über dem Meer wird die Sonne erscheinen
gerade über dir stille stehn
und sich über dich beugen wird sie.
Du wirst die letzte Nässe
aus deinen Schwingen schleudern
und dich zu ihr heben
hoch frei und all-einig.
Da löst du die Stimme –
dein Dank tönt als hellkündender Pfiff.
Ihm noch voraus eilt deine gesammelte Sonnekraft.
Mehr als du selbst wirst du sein im Heimriss:
weisender Pfeil und wissender Bote.

SOMMERREISE

Die wilden Rosen
selten an unseren Wegen
weiß und rot verschwendet
wie zwischen unseren Mühen
leichthin ein Lächeln versteht.

Kunstwerk von Innenstadt
aus Jahrhundertschichten
unerschöpften Ermüdens
steigt spiegelnd hervor
wie ringsum heute einmal
der Sommertag.

Aber taumelnd vergibt sich
der Liebe Strom
aus lang Erspartem
sich immer gleich
und uns
wie wir überquerend
Hände und Sinne voll schöpfen.

MUSS AHNUNG SEIN

Darum bin ich allein
die Ungeduld kommt daher
wollen bersten die Knospen
mitten im Ringen nach Licht
wenn die Gestrüppe und Schatten
noch übermächtiger werden
und dass ich bei Kenntnis der Menschen
nicht müde bin
ihre Ehre zu suchen -
muss Ahnung sein
vom großen einigen Anerkennen
Austausch und Strömen
und wechselnde Ruhe.

BIS ZUM GERICHT

Müsst ich nicht sagen
ich habe Recht
weil ich Ich bin
wie alle Ihr –
in urgeteilter Einsicht
oft oder immer
mit meinem Urteil
wäre mir wohler.

Getragen sein will
mein Ur-Teil und Ich
durch Recht oder Unrecht
mit Freund aber oder Feind –
Richtung bis zum Gericht
dem ersten und letzten
dem einzigen Erkennen
wie ich erkannt bin.

LOSE BLÄTTER

Lose Blätter -
unregelmäßiger wurde das Tagebuch
in den Jahren.
Denn nur manchmal ist Ernte
wie im Vorübergehn
und oft erst um Mitternacht
unter späten Sommergewittern:
schlaftrunkener Erntedank
für alles Mühengesäte.

Unregelmäßig gewinnt Gestalt
ein fast schon geträumter Seufzer
und Klage und gleichfalls unsäglicher Freude
wortlos verblieben bei Tageslicht
und unterirdisch gereift
un-scheinbar im Tieferen als der Tag.

Unregelmäßig
füllt sich ein loses Blatt
mit Hoffnung
in Worten gekeltert.

SPRACHE SPRICHT MIR

Liebe ich nichts als Liebe
und lebe aus Leben
Sprache spricht mir
dass ich sie spreche
Einheit eint mich
allen die einzeln wie ich
wenn ich schweige
und ende und
weiter suche
weil ich gefunden.

IMMER NOCH

Um der Erinnerung willen
geh ich die alten Wege.
Ruft alles zu leise
dem wissenden Rückblick
höre ich lauter fragen:
fasst du es heute besser
als ein anderer jetzt?

Oder noch immer
selbst Weg sein und Aufbruch
durch die Zeiten ängstende Burg
unter wechselndem Himmel
währendes Fragen Hoffen
immer noch etwas Mut
und deine alte Liebe?

Immer noch noch -
nur mehr Wunden
wie viel mehr Dank.

SPIEGELBILD

Öfter tritt dein Spiegelbild
vor dich in Frage
ob dies dein Gesicht
seiner Gesichte fähig.

Bergseespiegelfläche erscheint
glänzt so ruhig
wie tief der Abgrund
das Leben in Höhlen reicht.

Klarer sieht sich die Taglichtwelt:
Steinberge - Baumwerk - Wolken
in Umriss und Schattenspiel
dichter versammelte Frage

über der Tiefe in Bildern.

GEHEIMNISTRÄGER

Geheimnisträger sind wir.
Unsere Wunden machen es
offenbar.
Schlössen sie sich -
unsichtbar
würde das kostbare
Eine Blut aller.
Einzeln bewegen es unsere Herzen
einzeln bewegt.
Was unter trennenden Oberflächen
hautnah pulsiert
verraten
die offenen Wunden.

WENN DU HORCHST

Das geliebte Gesicht
die geweckten Schmerzen
lieber und wacher.
Was ist der Mensch?

Du und
viele Sorgengesichter
Lächeln Angstrasen
Trugbilder ein Hauch Glück
Vergessen im Weitergehn
und erinnernd Stehn.

Und unsichtbar
hört Es
wenn du horchst
zwischen die Klagen
und spricht manchmal
wenn du horchst:
Weisung zum Weitergehn.

ALTER REIM

Worte verklungen
die Lieder
Fragen werden laut
dieses Immerwieder -
noch nichts fest gebaut.

Zweifel erwachen
das Wissen
wirkt noch interessant
was wir wählen müssen
dagegen bleibt unbekannt.

Neue Straßen die Fernen
rücken zwischen uns ein -
willst Neues sagen lernen
und - findest zum alten Reim.

SCHWERE NACHT

Am Morgen danach
bleiben Spuren.
Wirbelsturm raste im Wald
Gedankenmassen ungebändigt
aus Sehnen in Angst.
Nichtweiterwissen und -wollen
vergebliches Rufen
gegen paarweise Missverständnisse
die in Übermut Junge zeugen
derweil du allein liegst.
Hirnzerfall
unwiederbringliches Roden.
Aus der Ohnmacht
deiner Gebete erwacht
aus dem Erlösungsschlaf
wieder allein
hältst du mühsam
den Sturm
an der Morgensonne gefesselt.

JAHRESWENDE

Ein Jahr überstanden
jetzt gilt es zu siegen

Ein Jahrzehnt gebaut
jetzt gilt`s zu gestalten

Eine Lebenshälfte gesucht
jetzt wäre zu leben

Einen Wohlstand Notstand gesammelt
jetzt wäre zu teilen

Und zwischendurch finden
ein Ja
vielleicht deines?

WAS BLEIBT

Zu Martin wird der Balkon geräumt
von Blumen und ihresgleichen.
Einen Sommer lang bot er mir
das Ungewohnteste: Heimat.
Ein zweiter bleibt ungewiss.
Es bleibt die Drachenfelsmajestät
belaubt oder unbelaubt.
Verwandter bleibt mir der Strom
sich gleich ohne Bleibe.
Kann sein er rät
zu anderen Ufern
beständig
zur Freiheit des Aufbruchs.
Die Stelle des Übergangs
ins neue Jahrtausend
bleibt auch
noch zu finden.

MEIN KLAVIER

Mein Klavier wie Gedanken
schwarz-weiß und samtener Klang
fünfhundert Jahre Neuzeitgeschichte darin
ständige Reformation kopernikanisch
des Objekts vom Subjekt her
Europa in Japanholz - Yamahaklang

Meine Kindheit darin
wie ich auf dem Küchentisch spielte
der Junge braucht ein Klavier
erste Tastenberührung
zwischen den Ladenzeiten
Aufklingen Dämpfung Dämpfung

Die Jugend das Spielen verspielt
unter spanischen Stiefeln
Harmoniumsverschüchterung bei Choralharmonien -
sie kriegten am Ende die Lieder nicht nieder
schwarz-weißer Stimmklang rieselte doch
in die spätscholastische Steppe

Erst spät zum Eignen gekommen
mit der Freiheit des Christenmenschen
romantische Qual und Selbstinnigkeit
Schubert-Schumann für Solostimme
„Dort wo du nicht bist
dort ist das Glück“
mit Beethovens Schöpferpochen darin
Same zu neuer Zeugung
und Aufbegehren gegen die Throne

Den Freiheitsklang üben
der golden schimmert
zwischen Schwarz und Weiß
einmal gemeinsame Freiheit-wozu
wenn du vergessen spielst
und ich schütte mein Lied
verdichteten Freudfeueratem
in deinen Klangraum
maßlos über die Maßen.

WENN ICH NICHT WEITER WEISS

Als er über die Straße lief
kostete es ihn
das Leben.
So ist das Leben.

Weil du in den Zug einstiegst
trafst du
mich.
So ist die Liebe.

Wenn ich nicht weiter weiß
schreibe ich
weiter.
So sind Gedichte.

ERLEUCHTUNG

Von Tag zu Tag hoffen.
Aber die Sprache
bleibt aus.
Alles schon bejammert
alles bejubelt.
Ich fing das Saufen an
von Atemluft.
Prana strömt unbegrenzt
unendlicher Kraftfluss
wozu auch immer.
Erretten könnte allein
aus dem hoffenden Elend
aus der stockenden Sprache
Erleuchtung.

NEUE ÜBUNGEN

Atmen üben tief
ohne Seufzen

Singen üben frei
ohne besondere Widmung

Sammlung üben
ohne bestimmteres Träumen

Hoffen üben frisch
ohne das alte Gedächtnis

Reisen üben *so*
als wüsste ich nun das Ziel

Sprechen üben und Schreiben
als *ob* ich die Sprache noch könnte

Üben nur manchmal zu denken
an dich

Fremdsein üben
als wäre das eigentlich alles.

GEZOGENER ZAHN

Ein Weisheitszahn wurde gezogen.
Es war nicht der letzte.
Noch bin ich unterwegs
Richtung Weisheit.
Gezogen wurde der Zahn
eines großen Vertrauens.
Womöglich wahlentscheidend.

VERBORGENER TAG

Überhaupt heute
wusste ich nicht
war mir warm oder kalt.
Niemand hat mich gesehen
am wenigsten ich.

Einer alten Einsicht zu folgen
bin ich
im Anerkennen und Anerkanntsein
und erkenne es an derweil
ich bin
am verborgenen Tag.

Da ist die Liebe wieder

Wer einen Menschen liebt, nicht einseitig begehrt, liebt zugleich die Gegenseitigkeit der Liebe selbst in ihrer Göttlichkeit.
Kein Liebender weiß, was von beidem das Erste ist.

FERIENNACHT

Schließe mir doch
die feiner fühlende Hand
wieder zur Faust
dass nicht die Blüte dem Mondlicht
geöffnet bleibt.

Vollmondnacht wehe
die nicht den Schaffenden
sondern den Kostenden weckt.
Gleißende Kälte und Leere drohn.
Weit ist der Freund
hinter Faustwerk
Mauern und Schloss
da du ihn tiefer suchst
wenn du ruhst
und du tiefer verzweifelst.

Und Heiliger Du unsagbar
nah oder fern.

WÄHLEN WIR

Gemeinsam
in den Geheimnissen stehn
oder vertrocknen
oder zerbrechen.
Wählen wir
als Erwählte
uns nicht zu schonen.
Denn die Geheimnisse schonen uns nicht.

SCHÖPFUNGSWORTE

Ich hab es von dir empfangen
du von mir wie du sagst.
Wir schöpfen unsre Geschenke
aus Meeren
die im Schöpfungswort
sich vom Trockenen scheiden.

SPRACHLOS

Den zehnten Brief
beginn ich dir heute.
Ob er wieder zerreißt
bestenfalls eingeht
ins Bruchtagebuch
der Monologe?
Wer schenkt mir die Sprache wieder
den Worten Flügel
und Zwischenraum
aus Vertrauen?

WIE ABER?

Auf Züge warten
wie aber wissen
welcher wohin?

Worte formen
wie aber hören
zu welchem Sinn?

Freunde aufsuchen
wie aber wen fragen
wer ich dir bin?

ÜBERRASCHUNG

Du warst da
auf Anruf hin.
Nichts ist weniger selbstverständlich
außer dass du
mir zuvorkamst.

Auf dich warte ich
wie aufs Frühstück
das morgendlich ohne Ermüdung stärkt.
Verlässlich überrascht es
mit neuem Tag.

Dein Blick wäscht Wolken
die abschiedsgeweckten
zu rein vergangnen.
Und Zukunft gewinnt
unsere Gegenwart.

BRIEFE

Deine Briefe zur Süße kauen
wie das Abendmahlsbrot
wie wir miteinander aßen
und unser Atem ein Geist war.
Unausgeschöpft liegen die Tage
versunkene Schiffe auf ihrer ersten Fahrt
die Blicke die Augenblicke
auf nie ergründetem Grund.

Trauer der Zeit.
Kein Warten erlöst.
Wie du aber danke schreibst
fass ich Hoffnung
und lasse Ewigkeit ein
die Fülle kauend:
Stoffwechsel mit der Natur
kommender Worte –
und danke.

GLÜCK DER VERSÖHNUNG

Die Ferne erlaubt
das Glück der Versöhnung
lange zu kosten.
Einmütig fort
spricht das Schweigen.
Einverständnis heißt
das wortlose
Geheimnis Welt
in das wir horchen
aus dem wir sprechen
gerade genug
um nicht darin unterzugehen
am Ende
auf offener See
nach geglückter Rettung.

NACHTWACHE

Mitternachts wach ich
suche ein Wort für dich
von vielen die
unter die Räder gefallen.

Dich finden
unter endlich gefundenem Dach.
Wir werden dort atmen
und Worte sammeln und
vorläufig wie die Hoffnung
sie wie alles vertiefen.

WOHNUNGSSUCHE

Du hast Wohnung in mir genommen
sagst du.
Aber du tust es.
So besessen irre ich
ruhelos in Exilen.
Wo den Kopf hinlegen
wenigstens zum Vergessen?

Du sprichst betest denkst aus mir
schreibst du.
Und besetzt meine Gedanken.
Aber das Schweigen
das Meer - wie
ihm ein Stück Land abgewinnen
und darauf bauen?

MANCHMAL AUFERSTEHUNG

Manchmal gelingt ein Wort
das über springt
aus Schicksalsfunken von beiden.
Der Stromkreis schließt sich
zu sterbloser Einheit.
Nähe der Geschiedenen
Unterschied der keiner ist
Unterschied der allein ist
zwischen dir und mir.
Manchmal feiern wir ihn
und Auferstehung
des Ungesagten
aus Ferne aus unseren Tiefen
und allerhand Schicksal.

MENSCHEN WIE DU

Nicht ins Leere stieren
sondern auf Schönheit
wie du sie mir wieder zeigst.
Die Plätze bei Licht besehen
und Ecce homo:
Seht da der Mensch
wie du.

Die zweibeinigen Herdentierschemen
beleben sich
je einzeln
unsterblich sterbend.
Wir morden sie vorweg
augenlos millionenfach.
Mangel an Liebe
an Denken.

DA IST SIE WIEDER

Auf dem Bahnhof ins Weite
wird eine Gestalt
sekundenlang
zur Gestalt der deinen.
Ein Blitz
zwischen Innen und Außen.
Da ist die Liebe wieder
steigt ungefragt
aus der Verbannung
mit in den Zug.
Guter böser Engel
da ist er wieder
und sinnschwer
dein Lächeln vor mir.

ANGST VOR GLÜCK

Deine Angst damals
als ich dir nahe kam
erstmals wie wir ersehnten.
Angst vor dem Untergehen
der alten Welt
ins fragile Glück einfachhin.
Angst vor Glück
wenn die Würfel zu
ihm schon gefallen
- bin ich ein falscher Spieler? -
vor der entscheidenden Überfahrt
wie wir vielleicht nur noch eine
erleben erleiden ersehnen.

GLÜCKWÜNSCHE

Was ich dir wünsche?
Mich
dich wünschend
alle Tage.
Da nimm es
zum Werden
alle Tage –
das unfertige Gedicht
...

WENN DU NICHT WÄRST

Wenn du nicht wärst
stünden die Sterne still
jedenfalls meine guten.

Wenn du nicht wärst
bliebe die Stadt chaotisch
ein Trümmer- und Ameisenfeld
bliebe mein Chaos
ohne ordnenden Ruf
wüsste ich immer noch nicht
was mit der Liebe ist
ob Wahn oder wirklich.

Wenn du nicht wärst
würde ich manche Schmerzen nicht kennen
meine teuren Lebenslehrer und
nicht die mir zukommenden Ängste.

Wenn du nicht wärst
würde ich mich nur kennen
und dieses schlecht
dieses ewige Ich und Ich.

Wenn du nicht wärst
wüsste ich von Verantwortung
eigentlich nichts
und alles Heilige wäre mir
eigentlich nichts.

Wenn du nicht wärst –
es wäre irgendein andrer
irgendeine andre nur da.

BEIM WORT NEHMEN

Beim Wort nehmen willst du mich.
Ist das sicherer als die Hand
Zärtlicher als die Schulter
Lustvoller als ein anderes Körperglied?

Es kommt darauf an
auf das Wort.
Nicht zu allen stehe ich gleich
nicht alle halten gleich fest
zu mir.

Manchmal ist da ein Wort
woran du mich halten sollst
selbst wenn ich über Abgründen baumle
oder wegfliegen will.
Ich nehm dich beim Wort.

ERWARTEN

Da sitz ich am Telefon
ob der Blitz durchschlägt
in mein Sorgenleben
ob er die Drohgewölke teilt
raumschaffend einer Sonne

sich zu spiegeln
im See der heiteren Seelen
worauf unsere Kähne sich stoßen
bis wir zusammensitzen
in einem einzigen Boot.

MUTTERS ZEICHEN

Entschlafene Mutter
es geht etwas von dir aus
von deinem entfesselten Blick.
Löse auch meinen Augen die Fesseln
meiner vielwissenden Ungeduld
und dies sei dein Zeichen:
Gib meinem Heimweh
die Richtung
und sei es die meiner Tränen.
So traf ich Sie.

ALLES VORBEI

(Reime für C. ins Poesiealbum)

Wie du denkst es ist alles vorbei
kommt manchmal leise das Neue herbei.
Und das Vorbeisein geht vorbei.

Manche Fragegestalt kommt herbei
wie zum Nachmittagskaffee ganz nebenbei.
Die Meisten gehen bald wieder vorbei.

Die Wenigsten aber kommen stets neu
gerad weil du meinst jetzt ist alles vorbei
bleiben sie leichthin dabei.

Mit einem allein wirst du am Ende -
vom Vorbeisein ganz frei.
Deine Schicksalsliebelei Johei.

Immerabschied

„Wer hat uns also umgedreht, dass wir, was wir auch tun, in jener Haltung sind von einem, welcher fortgeht? Wie er auf dem letzten Hügel, der ihm ganz sein Tal noch einmal zeigt, sich wendet, anhält, weilt-, so leben wir und nehmen immer Abschied."

(Rainer M. Rilke, Die Achte Duineser Elegie)

ABSCHIEDS-WIEDERSEHEN

Ich muss noch einmal zu dir kommen
um dir Adieu zu sagen.
Der erste Abschied war uns nicht gelungen
wir konnten nicht verstehen.

Seh ich dich wieder – tief benommen
von den uralten Kampfestagen
wo wir um Licht und Wegsamkeit gerungen
und Kraft zum Weitergehn.

Sag welche Hand einander uns genommen
wer steuerte durchs Abendrot den Wagen
und jemand hat das Gloria dazu gesungen?
Ich seh noch alle Sonnen untergehn.

Ich muss noch einmal zu dir kommen
nach hundert langen Tagen
und bin bei diesem Wiedersehn
von Abschied machtbezwungen.

EINEN SCHRITT WEITER

Wir werden uns nicht viel
zu sagen vermögen.
Aber wir müssen uns wiedersehn.
Wir werden dann noch fragen
warum.

Erst beim Abschied
werden wir`s wieder wissen.

Einen Schritt sind wir weiter
wenn wir das vorher
sehen
und nicht vergessen
dass wir uns viel zu sagen haben.

HERBSTNEBEL FIEL

Herbstnebel fiel
in unseren Sonnenpark
übers vielfarbene Geheimnis
die einmal gemeinsamen Wege.
Wo Worte im Kreisen
sich wiederfanden
und Blicke
spielen die Hasen Vergessen.
Gut könnte Hoffnung gedeihen
viel erbetene Frucht
wäre der Abschied nicht
leichtsinnig mitten in uns
wäre nicht nächtens die Zweifelssaat
unbewacht
auf gärenden Boden gefallen.

KLAGE

Die Herbstparkschönheit
tausendlichtgießend
alleine schlürfen?
Lieber sich selbst zutrinken
überm Weinglas
worin Tränen sich sammeln.
Auf Wiesenmatten aber
zerrinnen sie
wie Nichts
wie meine Gebete im Hain
zwischen den Farbengeschenken
und Hilferufe verhallen
unter dem freundlich glatten Himmel
mit Sphinxgesicht.
Warum hast du mich verlassen?
Und Gott Du?

KLOPFEN AN WÄNDE

Das Ungesagte
aus Schuld oder Schicksal
überfällt jetzt wie immer auch
nach den Stunden.
Immer nachher
scheint das Willkommen und Abschiednehmen
Gefängnisbesuch
von Zelle zu Zelle
und anhebt
ein Klopfen an Wände
dass noch Ein Wort entstünde
das Ungesprochene
ganz.

VORERST WEITERSTOLPERN

Fahren wohin ich nicht will
rücklings zum Zuge
den Blick auf Stunden
die unsere waren und ewig
und Zukunft versprachen.

Vorerst weiter stolpern
von Augenblick zu Augenblick
von Dunkel zu Helle
zu Dunkel ...

IMMERABSCHIED

„So leben wir und nehmen immer Abschied."
(R.M. Rilke, Achte Duineser Elegie)

Wieder Abschied -
werd ich ihn lernen je oder du?
Viel Nähe lebte und starb
in welche Weite hinein?

Dass wir sterblich
bleibt mir das Schwerste zu leben.
Das Brückenbauen und -brechen
Brückenbrechen wohin?

Mein Stirb-und-werde-Lied.
Dass ich seiner Rhythmen mächtig
und seines hohen Atems sicherer würde
blieb soviel Trauer darin?

ABSCHIED SCHÖNBRUNN

Käuze schreien die Nacht.
Am schönen Brunnen
stirbt jemand.
Zwei sind`s
und unsere Freundschaft
die bittersüß langgereifte
bis zur Vollendung
bis wir am Ende
die Worte fanden
dass wir es nicht vermögen.

Das Immeramanfangstehen.

Tief ruht der Brunnen
und schweigt
winterlang.

GETRENNT

Ich liebe das Herbe
wenn es nach Sinn schmeckt.
Dass du mich fortschickst
als sei es Tanz
die Arme das Herz zu befreien
zu tieferem Wiederfinden.

Die Prachtstadt im Herbst
schöntuend fremd geworden
nach einem einzigen Sommer.
Mit fallenden Blättern
nass unter Alltagshasten
den Abschied tausendfach sterben.

Die Blätter heimlich wechselnd
mit dir eine Hoffnung bewahren.
Einladen alles was trennt
und Unzertrennlichkeit spüren.
In Filmen noch spult das Wissen mit
vom Ganzen Ungewissen.

Das Zittern bei allem
und deines nicht spüren:
ob wir uns nicht überheben
und *ob* das Herbe noch Sinn schmeckt.

SONNTAGSNACHMITTAGSSTERBEN

Un seul être vous manque, et tout est dépeuplé.
Ein einziges Wesen fehlt, und die Welt ist dir entvölkert.
(Alphonse de Lamartine)

Die Wunde geliebter Mensch
Jahre alt
will nicht heilen.
Nicht Kurorte Wechselbäder
samt Liebesbalsam
bringen Vergessen
oder die Heilung
dich.
Den Sonntagnachmittag
sterbe ich unter Stadtgewittern
bei Kaffee und Kuchen und unter Musik
weiß wie du halb weißt
und gleichsinnig sehnst
weiß nicht den Virus zu nennen
der fasziniert und
fad macht.
Aber weiß wie ein Todgeweihter
der unendlich zu schaffen
irgend die Kräfte sammelt.

ANKUNFT

Auch Ankunft gibt`s
dann und wann.
Noch nicht bei mir
auf den Odysseen
bei weitem nicht
doch heute wie gestern
bei dir.

KASSIBER

Mehr noch auf Reisen
schlepp ich die Sehnsucht
mit mir herum
als meinen Verräter
Henker und Folterskknecht.

Du weißt sie nur
wenn du sie hast.
Du hast sie nur
wenn du sie weißt
in deinem fremden Daheim.

VIELLEICHT

Vielleicht musste sein
dass wir uns gleich wieder trennten?
Vielleicht aber nicht?
Weißt du es besser als ich?
Dass wir das Dunkel bannten
in Augenblicken nach Mitternacht
musste wohl einmal sein.

SICH TRAUEN

Sie trauen sich
in kirchlichem Glanz.
Wir trauen uns
weltlich
oder auch nicht.

Gute Gründe haben wir
allzu viele und
nie genug.
Sie reichen kaum
uns wirklich zu trauen
und auseinanderzugehen.

VERWIRRUNG DER GEFÜHLE

Eine lockt mich.
Eine lock ich.
Eine liebt mich
die fehlt auch mir

und Eine vergesse ich nie
nicht so bald nach dem Scheitern
die wartet bestimmt
ich weiß nicht worauf.

Mein Glück weiß ich
nicht zu wählen
aber das Unglück habe ich
so lässig im Griff
wie es mich.
Und es drängt allemal.

UND DENKE DEM TRAUME NACH

„Nun sitz ich hier alleine/ Und denke dem Traume nach.“
(W. Müller/F. Schubert)

Ich lebe mit dir
in meiner Erinnerung.
ich liebe dich
in meiner Erinnerung.
Ich tolle mit unseren Lieblingen
in meiner Erinnerung.
Ich streichle dein Haar Geliebte
in meiner Erinnerung
frischeglänzend sehe ich es
über den buntwollenen Mantel fallen
wie du schaukelnd zum Markt stakst
in meiner Erinnerung.
Ich lerne reiten auf deinem Pferd
und wir lernen ein junges an
bis wir zu zweit wettgaloppieren
verjüngendes frisches Erleben
in meiner Erinnerung.

Neuerdings lebe ich auf
in Erinnerungen mit dir
seit du fort bist
Gott sein Dank endlich
du Hexe!
Irgendwann griff neidisch
ein Todesgeist ein
zuerst beim Lieblingstier
wie verhext
dann an unseren Worten
und nun Aufleben
in Erinnerung an eine Fee.

Scheinbar geht`s lebend weiter
mit nicht geringerer Hoffnung
und freierem Geist mag sein
doch ohne die Fee und die Tiere
mit brandneuen Koffern
von frischer Erinnerung voll
eines Traumreisenden
der trauerarbeitend
sie lange noch umpackt
brandvoll von Erinnerung.

WER IN DIE FREMDE WILL WANDERN

„Wer in die Fremde will wandern,
Der muss mit der Liebsten gehn."
(J. v. Eichendorff)

Heimweh?
Nie gekannt.
Seitdem ich dich kenne
und du zurückbliebst
kenn ich auch das.

Fremdsein?
Nie von Dauer.
Seit wir vertraut sind
trau ich die Heimischen nicht mehr zu bitten:
Nehmt mich als einen von euch.

Glück?
Ich glaubte daran
solang ich es suchte.
Seit ich den Saum berührte
den Schatten spürte
rückten tausend Straßen dazwischen.
Und wenn uns sonst nichts trennt -
welch ein Glück!

Gott spricht die Sprache der Tatsachen

„Manche wollen verweisen, das Wort Gott rechtmäßig zu gebrauchen, und gewiss ist es das beladenste aller Menschenworte.“
(Martin Buber, Ich und Du, Dritter Teil)

Der Name der Gottheit wurde so sehr missbraucht, dass noch die Verwerfung ihres patriarchalen Namens Missbrauch ist.

WEIHNACHTEN - WANN UND WO?

Wenn du Ich sagst
um deine Waffen selbst zu verschenken

Wenn du zu singen anhebst
und dich wunderst über dein Sorgen

Wenn du Kind wirst
indem du über dich wächst

Wenn du hoffen kannst
wo dich eben die Angst noch befiel

Dann ist es.

Wo du Licht schaust
in deinen tieferen Dunkelheiten

Wo deine Armut gesteht
und sich ihr Reichtum enthüllt

Wo du aufhorchend singen hörst
aus dem Abgrund all deines Widersinns

Wo dein Schmerz
die Kraft deiner Anbetung wird

Dort ist Er dann.

ADVENTSPSALM
Lied des Ich vorweihnachts

Du baue ich ewiges Du
baue ich fortwährend Mauern?

Grabkammern meines ewigen Ich
und Ich aus Angst und Stolz.

An Lichtfestern wach ich noch
schaue aus diese Nacht

eine sinnende Insel aufs Meer
und ich höre es rufen:

Komm Du - unheimlich Heimlicher
Störer Du meiner Kreise

Durch die vielen Gesichter
Ruf meiner Brüder und Deiner:
Komm

Besser ganz überflutet von Du
was immer Du birgst

Als Sternensteinöde und Ich –
die Nacht ohne Weihe.

EMMAUS

„Da gingen ihnen die Augen auf und sie erkannten ihn“
(Lukas 24, 31).

Vieles siehst du zum ersten Mal
indem du`s zum letzten Mal siehst.
Aber das meiste beginnst du zu fassen
ist es erst offen unfasslich
dem Zugriff entzogen
unsern gehaltenen Augen.

Mag sein es glimmte schon damals
in der verwelkten Hoffnung
aber wie unter sengender Mittagssonne
und kein Geist loderte auf
bevor alles erlitten
gemäß der Schrift
und warum
und wir erkannten einander nicht
diesseits des Untergangs
und sind noch unsrer nicht sicher
ob ein erinnernd Geahntes
der Geist uns berührt.

Aber manche erkennen in Augenblicken
Ihn unverhofft
ihre Trauer gestehend
und sich auf Menschliches richtend
beim Brechen des Brots.

EINE HOCHZEIT AM STROM

„Und diese, von Hingang lebenden Dinge verstehn, dass
du sie rühmst; vergänglich, traun sie ein Rettendes uns,
den Vergänglichsten, zu."
(R.M. Rilke, Neunte Duineser Elegie)

Zu sagen bleibt
was an Dingen
allein sich sagt

und sperrt sich nicht
schwer gegen Worte
im Gegenteil - es schwebt

und schwebt im Gegenteile
den nichtssagend nichtigen Dingen
wie Ort und Zeit wie

sagen wir damals und heute
die alte Kirche am Strom
wo man heute sang

unter Küssen die Ringe tauschte
und schwieg - vor allen Dingen
heute und dort am Strom.

KREUZ DER GEGENWART

Gegenwart selbst ist das Kreuz.
Daran geht der Hoffnung der Atem aus.
Deine Ideen sind nagelfest.

In deinen Sehnen
sehnt es
über erträgliches Maß –
stets entgleitende Einheit deiner Gezeiten.
Essiggestillt
wird dein Durst.

Hohe Ehre tut man dir an
hängt sie dir schriftlich über den Kopf
die lautere Wahrheit
das Unrecht selbst ruft sie aus
und leiser deine Ehre.

Man rät dir
Kraft zu gebrauchen
und die Beziehung zu nutzen.
Du aber musst bei der gnädigen Wahrheit
bleiben:
dass widerwissend
sie Niegewusstes vollbringen.

Qual der Versuchung zuletzt:
Wenn du die Wahrheit sagtest
zerfiele sie dir
und es entzieht sich dein Gott
indem du ihn anrufst mit Namen
für ihre Ohren.

Die Finsternis aller Sonnen
sieht deinen Untergang und -
verkündet dein Auferstehen
noch ohne Gesang
blüht die Rose von Liebe im Kreuz
aus Gegenwart.

Vernunft über aller Vernunft.

LASST MICH

Lasst mich
meine Brüder
so holt ihr mich.
Unentrinnbar
unbezwingbar
eingeholt sind wir
von ewiger Liebe.
Schaffend
Lassen wir es geschehen.
Sie spricht
wo unsere Worte enden
in der Auferstehung des Ungesagten
ins ausgefaltete einige Leben.

EIN NEUJAHRSLIED

Die Klagen und Fragen
ins Leere
im Träumen
im Wachen
wohin?

Kein Haar fällt dir
ungezählt
kein Wort
ungehörtes vor allen
in Wachen und Traum

Denn du bist
in Fülle
wort- und antwortverschwendend
unendlich
endlich geliebt

MARTINSTAG

Deine Stimme
von weither und glockenklar
weckte den Sonnenaufgang
über Nebel und Nachtsinn.

Ein Lied für den Tag.
Die Zeit nimmt sich Zeit
anbetet
den Grund
die Schmerzen
geschiedener Sonnentage
verklärt in Fackellichtern
und Liebesliedern
aus Kinderstimmen:
wie Martin den Mantel teilte
gegen den Frosttod.

Und deine Stimme teilte mit mir
die Worte gegen den Frosttod.

NEUJAHRSSCHWEIGEN

Schweigen zu Neujahr
durchs Telefon
vor andern
wo Worte zuviel
vor uns
wo Worte zuwenig.

Anbeten vor dem Ewigen
das uns schuf wiederschuf
woraus wir schöpfen werden
jahrlang durch alle Erschöpfungen
unerschöpflich hindurch.

Heiligen jeden heiligen Tag
durch Worte und unser tieferes
das flutet wie Liebe
Not Wende Fülle
auferlegtes teueres
Schweigen.

JAHRESWENDE

Ein Jahr überstanden
jetzt gilt es zu siegen

Ein Jahrzehnt gebaut
jetzt gilt`s zu gestalten

Eine Lebenshälfte gesucht
jetzt wäre zu leben

Einen Wohlstand Notstand gesammelt
Jetzt wäre zu teilen

Und zwischendurch finden
ein Ja
vielleicht Deines ?

ER BELIEBT ZU SCHERZEN

Der Herr Gott
erlaubt sich Scherze
gelegentlich
Arabesken krumme Figuren
worin sich bisweilen deutlich
Überfluss Laune höhere Zielbestimmtheit
erahnen lässt
die Inspiration des Genies.

Du und ich
in der Zeit und knapp
verstehn das vielleicht ganz
ohne Groll
wenn alles durchzittert ist
wie Reifeprüfung
aber schütteln uns
vor dem tränenreichen Rückblick
schon feierabends
vor Lachen.

SPRACHE DER TATSACHEN

Gott spricht
die Sprache der Tatsachen
oft ungereimt
und unsere bare Münze
ist wie man sagt
Blut
das heißt
Hirnschmalz Nerven
Kraft Jugend
Glaube und
Mut.

ADVENT IN DUNKLEN ZEITEN

Wieder beginnt die Zeit
der aufgesetzten Lichter
der Schattenverdränger.
Herrschaft der Kaufhallenleuchten
Weihnachtsmannsdröhnen.

Kalt fallen die Schatten
der großen Verdrängerin
und Verdrängten Angst.
Den einen überkommt sie lichterloh
den anderen dunkel
im Geld- und Waffentausch
in den zerbrochnen Geschenken.

Wohl bleibt mir
vor den entscheidenden Sonnenwenden
und kommenden Wintern ein Wärmelicht
das Lagerfeuer bei dir
Kampfgefährte
gastfreundlich mitflackernd stetig
durch hoffnungsgeduckte Zeiten.

CAPELLA SISTINA

Verwandte Klänge gesehen
mit offenem Mund
rücklings sich wiedergefunden
im Staunen
vor Menschheitsgeschichte
in Michelangelos springendem Spiegel

im Freiheitswagnis
einzeln und ganz
wovor die Inspiration des Urgenies
zu scherzen fast aufhört
und selber zittert und
auch nicht fertig wird
darin endlich wie wir
wie du oder ich.

NEUJAHRSFRAGEN

An welchem Neujahrstag
geh ich fiebernd zum Bahnhof
und auf einmal
bist du`s ?

Wie oft noch
narrt mich die Sehnsucht
mit Wundern
und müde werde ich nicht ?

Wohin werden wir gehen dann
ohne wegzulaufen vor all den Tagen -
wie erlösen die enttäuschenden
und klatschen sie kreischend
als Froschkönige an die Wände ?

NEUJAHRSTANZ

Nimm mich an die Hand
und tanze mit mir
das alte Jahr und das neue

Tanzen wir Götterdämmerung
Trennung Trauer
das alte Jahr

Lass deinen Körper zeigen
die Reifung eines Entschlusses
vollführe den großen Umschwung

Und nach der Befreiung lass viel erleben
spiel Unternehmungslust die
Verzweifiungsdroge
spür die tiefkühlgefrorene Hoffnung

Und dann
dann tanz mir noch einmal entgegen
so unwissend wissend
verführerisch wie unnahbar
zögernd und schau
meine linkischen Schritte zu dir

Verblüfft gewahr ich wie du erwiderst
bis wir uns finden
der Abschiede müde
raum- und grenzenabschaffend
einer sich in den Armen des andern
zum Tanz in ein ganz neues Jahr.

AM FEST DES LOYOLA

„Ein jeder gehorche dem Oberen an Christi Statt
wie ein Stock in der Hand eines Greises."
(Aus den Regeln des Jesuitenordens)

Wie ein Stock in der Hand
des greisen Ignatius
bewegt sich die Feder aber
unter dem Hauch anderen Geistes.
Ungebrochen
von Irrfahrten steht der Schiffsmast
bis zum Ankerwurf
am Festland der Entdeckungen.

Bis an die fernsten Küsten Indiens
die frohe Botschaft tragen
dass nichts umsonst war
dass selbst Missionare
alleinseligmachender Illusionen
dabei sind sich zu bekehren
von Brandstiftung und Betrug um
sich selbst an Geistesfunken zu wärmen.

Omnia ad majorem Dei gloriam.
Es ist immer noch Zeit genug
sub specie aeternitatis.
Sanft speist Ewigkeit
jeden Augenblick neu wie
den frischen Morgen jetzt.
Unverbraucht sprudelt Seelenkraft
aus bemoosten Becken gelassen
in überströmende Becken.

Roma, Via degli Scipioni, 31.7.

DER FUCHS VOR WEIHNACHTEN

„Die Füchse haben Höhlen,
die Vögel des Himmels Nester,
des Menschen Sohn aber hat nichts,
wohin er sein Haupt legen könnte."
(Lukas 9, 58)

Die Füchse haben ihre Höhlen
der Menschensohn aber
hat nichts wohin.
Aber wo mein Herr
wo leben sie und wie lange
und wo sieht man sie noch?

Dich seh ich in allen christlichen Stuben
Klassenräumen Regierungspalästen
wenngleich nie lebendig.
Du überlebtest heißt es
deine wohlsituierten Mörder
samt allen Füchsen -

wenngleich du selten erscheinst
Herr Jesus
wo immer bei wem auch immer
aber selten bei mir
seltener noch als der Fuchs
huscht uns den Bach entlang
für seine Weihnachtsgans.

WEIHNACHTLICHER GAST

Mein Höheres Selbst spazieren führen
aufrecht und horchend bewegt.
Das ist die Haltung der Atem
worin mir wohl wird
Endzweck der Geist-Seele-Körper-Gymnastik
der Weg-Wahrheit-Lebens-Rhetorik
ist Weihnachten Ostern und Pfingsten
zugleich und Vergessen des ganzen
Ego-Heilsbetriebes ohne irgendwas
zu vergessen.

Komm du weihnachtlicher Gast!
Lass es dir wohl sein in meinem wandelnden Haus
und lass dich nicht scheuchen
sollte das Ich dich bemerken.

FRONLEICHNAM

Die Monstranz hochhaltend
zwischen die Häuser gehen:
da stand vor vierzig Jahren das Korn
meinen staunenden Kinderkopf überragend und
das von Gesängen ergriffene Herz.
Kopf und Herz hörten göttlichen Lichtklang
fließen in unsere Welt
gewahrten den größeren Leib des Herrn.

Heute trag ich die Goldmonstranz
meines Höheren Selbst allein
in die ernüchterte Landschaft
Mühen Trauer Sorgen
verlorener Jahre
schweigen im Jugendgedenken
erinnernd das Alterslose:
Das fließt nicht minder heute in diese Erde
geschundene Landschaft aufzuforsten
Dein Reich komme doch noch
und nunmehr bald!

WIE NIE

Lasst es gut sein
mit dem Eiabubeitschi
vom Kind im Stall.
Der Christus ist Mann geworden
und die Welt in der Halbstarkenkrise
wie nie.
Er steht vor den Toren wie nie
und mit der Hoffnung steht`s
allem Anschein und Ächzen zum Trotz
gut wie nie.
Lasst es gut sein
und öffnet ihm
dieses Weihnachten noch
wie zuvor nie.

SCHICKSALSGETRAGEN

„Es ist ein Gott in uns, der lenkt, wie Wasserbäche,
das Schicksal, und alle Dinge sind sein Element."
(F. Hölderlin, Hyperion)

Beim frühen Sonntagslicht
durch die fremde Stadt ziehen
frühstücken den Reichtum
alter wie jüngster Fassaden
auferstehend aus Ruinen.

Junge Aufgeweckte bewundern
und unwillkürlich grüßen
wie ich sie unversehens
an eine Berühmtheit erinnre.

Keine Komplexe dann spüren
nicht die alte Ungerechtigkeitstrauer
nur noch Dank fühlen aber richtig
fühlen alles Getragensein
von einem unergründlichen
irgendwie gründlichen Schicksal.

Dein Weinen über der Morgenzeitung

*„Ist der deutsche Geist unpolitisch
und wird er es immer bleiben,
wie der Thomas Mann der
„Betrachtungen eines Unpolitischen“
(1918) ihn in kritischer Zeit beleumdete?
Oder kann Politik selbst einmal geist-
und gemütvoll werden?“*

RHEIN-RUHR-MITTERNACHT

Musikvolle Dissonanzen der Pfeifentöne
im Intervall einer halben Sekunde
der Orgelpunkt summender Räder die Schöne
der Ruhrgebietmitternachtsstunde.

Bisweilen schleicht eine Limousine
das Pflaster scheint gelb vom Abblendlicht
einer mit Hut in der Führerkabine
ein Walzenbruch etwa Sonderschicht.

Jetzt wieder ein Hochofensamenerguss,
Paroxysmus der Himmelsröte
das ewige Abendrot dort am Fluss.
Vom starren Wald der Schlote dringt Getröte.

In hohem Stockwerk eine helle Kammer:
vielleicht nahm jemand die Bibel?
Und manchmal horch ein Rufen wie aus Jammer.
Hochrot am Horizont glänzt Homofabers Banner,
beschwichtigt flackernd die enfants terribles.

WIE SOLL MAN DA SINGEN

„Wie soll man da leben?
Man soll ja auch nicht."
(Gottfried Benn)

Immer noch fehlen die Lieder
wenig Jahre nach Bombennächten
und vielerorts dauern sie fort -
wie soll man da singen?
Man soll ja auch nicht
wie damals schon jemand sang.

Aber was sein muss
in unserem Überfluss
Wohlstandsstätten über vergessenem Schutt
Dank Hoffnung Angst neue Liebe -
Unnötiges wird notwendig
doch wieder klingen
neuverwandelt
aus Überflussnot.

ALLERSEELEN VON ST. LAURENT DU PONT

In der Nacht zum 2.11.1970 fanden 144 junge Menschen beim Brand eines Tanzlokals zu St. Laurent du Pont den Tod.

Und wir sangen
im Spiel mit dem Feuer
wie meistens
wussten wir nichts
im Selbstvergessen im Tanz
im Weltvergessen im Spiel
fragt die Umarmung nicht weiter
hinter Wänden und Maskenmächten
den Gott unserer Liebe.

Das Feuer kam
wie großes Erinnern.
Flucht in die einsame Angst
kaum siegender Kuss
Panik ohne Entzücken.

Und Wiederfinden im Licht
und höheres Selbstübersteigen
und über die Ahnungen
seliger Tanz?
Gefragt ist
wer überlebte.

TRAUER

Ein Erdbeben um die Wurzeln
und das Erzittern stürzt
bis in die Gipfel
sturmgewohnte
und mancher an hohe Blitze.

Inne bleibt unvergessen der Stoß
dem vielerinnernden Erdreich
Wurzeltiefe unserer Kraft
stets unerschöpfter
im lichteren Wehen.

Schauer tränken in Schweigen
den durchschütterten Grund
spaltenschließend -
heilender Tränenwein
unter Sang und Klang.

STIMME DES ZEITGEISTES

Sehr pathologisch
dein Weinen über der Morgenzeitung
versteh die Politik
ist eiskalt
hauptsächlich Weltwirtschaftskalküle
mehr nationale noch zugegeben
und der Zusammenbruch des Redners
mit seiner Sorge um Deutschland
medizinisch ganz simpel.

Glaub der Psychopathologie
du durchschaust jeden Freitod
erst recht diesen klaren Fall
und fast alles
was vor Gericht kommt
und sicher kommen wird -
und wie durchaus irrational
dein Verhalten
bedenklich fast.

Nimm für die Morgenandacht
dein bewährtes Gesangbuch
oder Goethe für jeden Tag
auch andere Lyriker tun's
aber besser die rationalen
mit politischem Engagement
verstehst du
Engagement
links oder rechts.

Von der Bibel
rate ich ab wiederum
jedenfalls ohne den Papst.
Die spricht so ungeschützt naiv
von Geldleihen ohne Zins
zum Beispiel
von Gott oder Mammon
so schroff alternativ
so gänzlich fremd dieser Welt.

EIN STÜCKCHEN OBERFLÄCHE

Ein Stückchen Oberfläche
unserer vielberedeten Erde
vertraut nun lieb und tief
schamhaftes Tal
wo die Vielrede haltgemacht
ob schon ihrem Zugriff offen liegen
Äcker und Wälder
die Wiesen
samt ihrer Heimlichkeit.

Längeres Bleiben nähme sie euch
zög euch hinein in das große Zerreden.
Sprachlos Vertrautes
würde geheimnislos fremd.

So scheiden wir
wie Freunde am Mittag
in Schweigen.

HERZ-JESU-FEST BEIM ZAHNARZT

Das Terroristenfahndungsplakat
beim Zahnarzt:
sechzehn Unsterbliche.
Lasset uns beten
Patienten wir und
Sie Herr Doktor
für soviel Hoffnung Sehnsucht
Liebe und Frustverdrehtes.
Mein Gott
du Christenheit
erbarme dich ihrer
deiner wie ihresgleichen
in Trotzdemgedanken.
Was soll sonst
der Singsang
vom Herzen Jesu?

ALLEIN DEN WORTEN KANN ES NOCH GELINGEN

(Bonn, am 22. November 1983,
Abschluss der Nachrüstungsdebatte)

Was helfen aber Worte
wo Waffen sprechen?
Sie sprechen auch schweigend
nach Männerart:
Wehe - sonst knallt's!
Drohschweigen Totschweigen
dazwischen die Inflation von Wörtern
um nicht zu sprechen.
So versteht man sich seit Jahrtausenden
unter Männern.
Die Worte den Weibern und Kindern
Schwulen Kabarettisten Reportern Poeten.

Noch stehn die Mauern
„sprachlos und kalt
im Winde klirren die Fahnen"
über lautlosen Arsenalen.

Meine Herren
jetzt einmal aufgepasst:
die Zeiten änderten sich.
Allein den Worten kann es noch gelingen.
An die Front
ihr Wort- und Verhandlungskünstler
ihr vertrauensdurstigen Softies
an die sanfte Front
ihr Poeten!

Rettet uns aus dem waffenklirrenden Schweigen.
Führt die gewaltsamen Messer
mit der Genauigkeit ihrer jüngsten Raketen
und unserer ältesten Träume.

UNTERDRÜCKTES

Von Liebe war nicht die Rede
wo es ging um sie
um die Brücke von Mund zu Mund
von Kopf zu Herz
von Herz zu Kopf
von Lied zu Lied
von Glied zu Glied
den spielend gespannten Körper
aus zweien
einsturzbedroht
durch Kirchen-Staats-Bomben.
Statt singen das Lied überm Land
wurde verhandelt
ob wir uns nützen
nicht ob wir stützen
einer des anderen kühnen
gemeinsamen Bau.

STEPPENWOLF

In ihren Lesebüchern steht:
Bitterarm war der Poet
ein Nichtsnutz derweil
fiebernd beschäftigt
allgemein zu bereichern.
Belächelt war er bis zum Sterben
und jener Denker spann für sie
darüber hinaus.

Sie schwärmen vom grausamen
im Nachhinein nicht wahr
kaum zu fassenden Schicksal.
Romantik des Steppenwolfs
Unter einverständigen Bürgern
und merkwürdig kalt bleiben sie
wenn einer lebendig unter sie tritt
die Zähne schüchtern verbergend
unterm verbindlichen Lächeln.

Immer dasselbe
sagen sich beide Seiten
überall immer der Mensch
und meinen dasselbe
bis zum Verrecken
nicht.

WAHLTAG

Deutschland wählt heute
CDU, SPD und dergleichen.
Ich wähle
das bessere Deutschland
das grüne Glück das
herüberschimmert
vorleuchtet irrlichtert oder
wie immer
mich heimsucht
unter Geisterstimmen
erregend heimlich
ein neues Du.

AUFS ALTE JAHRTAUSEND

Die Stelle des Übergangs ins neue Jahrtausend
bleibt auch noch zu finden.

Der Worte sind genug gewechselt
Im schwindsüchtigen Jahrtausend.
Wir ersticken in Feuilletons
süßem Datenbrei schriftlich wie bildlich
sorgfältig auf den neuesten Stand gebrachten
modedesignten Jahrtausendlügen.
Zuviel bezahlte Schönredner
gegen allen Verdacht von Widersinn.

Ein paar redliche Scharfsinnsucher
hoffnungslose Idealisten
halten das Arme-und-Reiche-
das Macht-und-Ohnmachts-Spiel nicht mehr an
mit der versagenden Kraft
ihrer nackten Gedanken und blanken Wut.

Da muss jemand kommen
der handelt
ein Meister aber in Großformat diesmal
aber ganz von innen
aber mitten aus unserem heulenden Elend
und schwach noch erinnerter Sehnsucht.

VOR DER WARTBURG

Vor derselben Warteburg
wie Meister Luther sitz ich
und kann nicht anders
als warten
dass auch mir ein Gott helfe
Amen
und sich selbst helfe
gegen Kaiser und Päpste
gegen Gift und Schwert
gegen geschändete Bibel und Grundgesetze.
Triumphkreuz des Burgturms
blaues Fahnentuch mit Europas Sternen
ehren die deutschen Meister kaum.
Schwarz-Rot-Gold scheint vergessen.
Auf der Sängerwiese herrscht was für Stille?
Verdruckstes Sehnen brütet
dass Sein Reich doch noch komme
und allen zum Recht verhelfe
die Mammon und Lüge verschlangen
oder in die Warteburg zwangen -
für wie lange noch
Meister der Meister?

VERTEIDIGUNG DER ENZYKLIKA ÜBER DIE LIEBE (2007)

seht in den spiegel: feig,
scheuend die mühsal der wahrheit,
dem lernen abgeneigt, das denken
überantwortend den wölfen,
der nasenring euer teuerster schmuck,
(Hans-Magnus Enzensberger,
Verteidigung der Wölfe gegen die Lämmer.)

Kritisiere uns keiner den Papst.
Ist er ein Deutscher doch jetzt.
Hier kritisiert man nur zwölf Jahre Barbarei.
Das ist für Jahrhunderte Vorwand genug
um Jahrtausende Repression zu vergessen
in Sachen Liebe
soziale Gerechtigkeit und dergleichen
vom Geschlecht ganz zu schweigen.
Die Beichtstühle gegen Selbstbefriedigung
vor allem gegen sie und den zur Zeugung unnötigen Verkehr
geschweige unehelichen
wurden stillschweigend geschleift.
Die diskreteste sexuelle Revolution aller Zeiten
ohne den klerikalen Missbrauch zu ändern.

Die Hexen wurden inzwischen als typisch deutsch
und nur vom weltlichen Arm gemartert erkannt.
So die evangelische Amtshilfe aus Berlin.
Die Inquisition wenn es je eine gab
war im Grunde ganz deutsch
wie sich jetzt endlich zeigt.
Ließ der letzte Inquisitor doch
alles blutige Werkzeug ausdrücklich fallen und
wurde zum reinen Gedankenpapst.

Er bewies sogar Mut zum Diskurs
mit dem deutschen Scharlatan Haberfrust.
Ihm wies der päpstliche Musikant
den möglichen Weg aus religiöser Unmusikalität.

Unmusikalisch oder päpstlich
ist hiermit die Alternative
und diese sich abstoßenden Weltmächte
ziehn sich nun prächtig ergänzend an
verständnisinnig auf Machtbasis.

Kritisiere uns keiner den deutschen Papst
im Namen von Aufklärung Gerechtigkeit Liebe
Abschaffung von Privilegien gar
im besten Konfessionsstaat
den es je gab auf deutschem Boden
seit dem Heiligen Römischen Reich Deutscher Nation.
Was war das auch gegen die heute noch blühende
unfehlbare Rechthaberei global?
Heiliges Römisches Reich deutscher
Anti-Befreiungs-Theologie.
Das stellt selbst das Kapital in den Schatten.
Betrifft die Geld-Weltkrake doch
bloß indirekt das Heilige selbst.
Hier aber geht es direttissime um Herrschaft
über Gewissen und Seelenheil
und unser aller Sehnsucht.

Lass deine hyperkritischen Hirnfinger
doch wenigstens dies eine Mal unten
vor dieser einzig noch heiligen Herrschaft
und nenne diese nur diese eine nicht
Heuchelei und unfehlbare Machthaberei
wo sie doch so schön
so wunderschön kenntnisverdrängend
viel selbsterzeugtes Leid verleugnend
geschichtsvergessen beansprucht
den immer schon schnurgeraden Kurs

der sonst uns allen so mühsam verschlungenen
der ausgebeuteten Liebe der Menschen
mit ihren Ängsten Opfern Wirren
mit ihrem heiligen
auch von päpstlichen Schreiben
ganz unausrottbaren Sehnen.

AM PLATZE SEIN

Wünsch mir nur dies:
am Platze zu sein
wo ich hingehöre jeweils
und zu der Zeit
wo es not tut.
Da liegen die Worte all zungenbereit
die Gesten machen zum Zeichen mich
ganz und von allein
ob auf zentraler Demo
oder im Tête-à-tête
immer in jedem Fall konspirativ.

Wünsch dir nicht minder
dieselbe Instinktgnade
da zu sein an Ort und Zeit:
ganz inkarniert.
Dort ist es
wo wir uns sicher treffen
und sei es von den entferntesten Orten der Welt
unberechenbar regelmäßig
in aller Freiheit
im geistbewehten Zuhause
immer in jedem Fall konspirativ.

Gern such ich den Stein der Weisen

Der Weg zur Weisheit ist mit
vielen Dummheiten gepflastert.
Der Stein der Weisen findet sich
am Ende zwischen den
Pflastersteinen.

MINNESANG EINES SCHMIEDES

Das kleine Lied
beschämt unsre Bücherweisheit.
Entspränge es aber erlösterem Sinn
und sprudelnder ohne das Sinnen?

Willst du über die Straßen ziehn
ein fahrender Sänger
vergiss das Schwert nicht desselben Geistes
zwischen Hochöfen selbst gehämmert.

Aus Schmiedehitze kommend
widerstehst du besser der Sommersonne
und atmest mit größerem Dank
unter freiem Himmel.

Ohne das Handwerk kein Ritterschlag
und ohne die Waffe zur Rechten
verstummt dein Minnesang ungehört
unter Formelwortgeklirre -
zerschlagen die Bücher wie Aktendeckel
dein kleines Lied.

WORTE

Was helfen aber Worte?
Wo finden sich wendige
wenn es not tut
was wenden an Not
die gefundenen
vielmehr zugefallenen
frage ich mich.

Wohin mit dem Überfluss
des Gesagten
und wieder
des Ungesagten?

Wenigstens Hilferufe gegen
plötzliches Überfluten
sage ich mir

und dir.

SUMMA

Antworten
wo gefragt
aufhören
wo gerufen

öfters nach Fragen
nachfragen
manchmal rufen
nach Anruf und

wieder auf Antwort
hinschweigen
warten
auf Anspruch verantwortlich
Antwort suchen

ist alles:
sich verantworten -
alles Weitere ist
Willkür ist
weiteres Übel.

AUF DEN SCHIENEN

Auf Schienen zwischen den Städten
Frankfurt - Paris
wo ich lebe zur Zeit
auf den Schienen
pflücke ich Blumen für dich
einen Strauß frischer Gedanken.

Das vom Erleben Geschnittene welkt
bis zu dem anderen Bahnhof.
Was zu sagen ist
fällt durch die Gitter
die Asche von Lebendem fällt
durch die Tageslichtwelt.

Bekanntlich muss man schweigen
worüber man nicht sprechen kann.
Es sei denn
du kommst mir entgegen
mit deinen Ohren mit deinen Augen
und frischem Wasser.

DIALOG KIERKEGAARD-HEGEL
(oder Dialektik der Endlichkeit)

Entweder oder.
Sowohl als auch.

Entweder sowohl als auch - oder entweder oder.
Sowohl entweder oder als auch sowohl als auch.

Entweder sowohl entweder oder als auch sowohl als auch -
oder entweder sowohl als auch als auch oder entweder oder.
Sowohl entweder sowohl als auch oder
entweder oder -
als auch sowohl entweder oder als auch
sowohl als auch.

Entweder sowohl als auch - oder sowohl als auch.
Sowohl entweder oder - als auch entweder oder.

HOFFNUNG

Hoffnung ist Wohnung im Vorlaufen:
Jetztschon im Nochnicht
Geborgenheit im Unterwegssein
Häuslichkeit von Nomaden.

Ihre Worte:
das Zelt
das wir abendlich aufschlagen
unter offenem Himmel.

IM SCHWALBENNEST

Unser stundenlanges
Reden und Singen -
wovon eigentlich?
Wovon eigentlich
zwitschern die Schwalben?

ihr Freiheitsspiel
mitsammen
in Klarheit Duft Weite
lustig über dem Bodenbereich
der Wölfe und Burgen ...

Eine Rast
stärkend für die unterwegs
unterwegs immer nach Hause
Zugvogelrast
im Schwalbennest.

RELECTURE

Relecture von Texten
mit deinen Augen.
Ich nannte ihn Ich
der sie schrieb.

Sie haben den Sinn
und geben ihn her?
Veraltet sind sie
wie der Wein lange wird?

In Freiheit setzt du mich voraus:
damals litt lebte liebte ich schon
las die Trauben und kelterte
lange vor dir und für dich.

Ein reicher Jahrgang sammelt
die Sonne die Schatten von Jahren.
Spätlese mischt sich frei
mit den Erstlingsfrüchten.

STEIN DER WEISEN

(vertont von Robert Spatny, Potsdam 2007)

Gern such ich
den Stein der Weisen
im Gleiten über die Schienen
Allein ich bin
zu dumm wie zu klug
für euren Kies.

Ein bescheidenes Wort
muss genügen.
Ab und zu
singt es
sein Lied
das Zigeunerkind.

FÜGUNG

Wie wählen
wie wissen?
Gewähltwerden entscheidet
auch nicht allein.

Entscheidend wäre
Fügen unseres Freiseins
in Fügung hinein
wenn dass es sie gibt
sich fügt.

BEI ANKUNFT MEINER ENZYKLOPÄDIE

Wissen der Welt
der Jahrhunderttausende unermessliche
Tagundnachtaufregung
in dreißig Bänden gebündelt
wie Liebe und Schicksal in artigen Liedchen.
Geträllert sei's und reingezogen
was Menschheit wob und wog
ins Regal die verdichteten Blutkonserven
ledergebunden auf feinem Industriezeitpapyrus.

Wissen vom Wissen
sprachsprengendes Staunen unergründliches
Spiegelsein von allem und allen
wie das Gesicht des Greisen im Glas
wie irrsinnig immer noch suchend
etwas wie Sinn der Sinne
den Blick der versunkenen Augenblicke
das Gefühl der Gefühle
den unentwegten Ausweg der Menschenwege -

wie ein Knabe hältst du auf gleichmäßig ruhigen
Seiten mit Zeichen von Zeichen
von Fleiß über Fleiß
Belehrung munter erwartend
was war ist lohnt bleibt
vom schon dir offenen Rätselspiel
vom immer noch höheren Brausen der Pracht
vom stets unerschöpften Wimmeln und Wimmern -

was bleibet aber
und nicht nur gestiftet von Dichtern?
Nimm und lies und folge
blutvoll dem Fluss deiner Fragen.

TERRY

Als die Freundin dich brachte
sprangst du mich freundlich an
wie immer Vorschuss gebend
so deinem neuen Zuhause.
Ich meinte du müsstest gebürstet werden
und dann begannen wir
voneinander zu lernen.

Du lerntest von mir Stadtleben
unter viel Artgenossen fremden Gerüchen
Treppen Straßen Gefahren
verschlangst alles Neue verwundert
zu Vertrautem hurtig verwandelnd
mit deiner spielenden Neugier
nichts Lebendiges blieb dir fremd
glückgierig harmoniebedacht
gehorsam bis auf Ausnahmen:
Vorbehalt für Freiheitsinstinkt und
besondere Würde des Tieres.

Ich lernte von dir was Lebendigsein ist
Antrieb Lust Blitzentscheidung
die mühelose Bewegung
Ausdruck in ganzer Körperlänge
nicht nach Menschenart kokettierend
einfach das seidenwollige
zärtlichkeitssüchtige Fell.

Lernte wie Freundlichkeit aussieht
zu jeglichem Mensch und Tier
(bis auf Jagdwild und Aggressoren)
von Enttäuschungen unverdrossen
lernte wie Freude sichtbar wird
schwanzwedelnd körpergesprächig
zwischendurch Freuen aufs Freuen und
wie jeder Spaziergang erregt.

Lernte wie selbstverständlich unter Lebendigen
täglich Versöhnung Vergessen
über ein bisschen Gaunern und Groll
und wie selbst Knurren oft Liebesspiel ist.

Wir begannen einander zu lieben
verlässlicher als zwischen Menschen.
Morgens viertelnachsieben wartetest du
mit dem unerschöpfbaren Freudentanz
zum Tageserkundungslauf auf.
Ich begrüßte weniger zögernd den Morgen
weil deine frische Leidenschaft mitlief
die medi-tierenden Stadtgartenrunden
und reiste nicht mehr gern fort
ohne unsere Freundin und dich
ohne die liebe Menschtierfamilie
in der es im Terry-Rhythmus pulsierte.

Ich lernte noch gestern von dir
als unsre Lektionen dir schon geläufig
als ein bisschen Ungehorsam dir angebracht schien
als das Jagdfieber dich überfiel
mitten zwischen dem untierisch
eisernen Raubwild der Städte
unbemerkt von der Freundin und mir
bis du vor unseren Füßen lagst
unter dem Tod statt Rettung bringenden Blaulicht
das lebendigste Leben
tot.

Aus der Trauer uns windend
wollen wir immer noch mit dir lernen
wie Leben weitergeht
wie Liebsein sich zeigt
der ewigen Jagensgründe vielleicht
nicht *so* vergessen wie wir.

UNTERHALTUNG MIT FEUER

Wir unterhalten das Feuer.
Es unterhält uns
bewegt wie Leben pur
überraschungsreich.

Ungeahnte Wirkungen
aus kaum ahnbaren Ursachen
bedeutsam alles Gedankenflackern
am erwärmenden Drama.

Verwandlung von Masse in Energie
lange vor Einstein.
Der Stein seinerseits rührt
sich nicht sichtlich
erinnernd andere Feuergewalten

aber erwärmen lässt er sich doch
vom züngelnden Spiel
vielleicht mit zum Staunen bewegen
worüber auch immer wir
du und ich und das Feuer
uns sonst unterhalten.

AUF BARLACHS BETTLERIN

Für Otto und Ursula Schöpel

Ganz Erde werden
um den Himmel zu fassen

ganz Schale sein
und sie ist dir schon gefüllt

ganz annehmen deine Armut
und aller Reichtum hüllt sich in ihren Mantel

ganz Demut geworden
unter solche sich beugen die haben

und ob sie dir Brocken zum Leben hinwerfen oder
nicht
vor lauter Sehnen tauchen ins fließende Leben
der Gottheit
die ist.

Einen Strich ziehen

Einen Strich ziehen
mit Siebzig - worunter denn?
Die weiter drängenden Schicksalslinien
einfach durchkreuzen?
Ich sehe die Linie Erfolg
die Kleinlichkeit ungestillter Wünsche.
Ich sehe die Linie Liebe
gestillt das fast schon verblutete Sehnen.
Ich sehe die Linie Einsicht
die nur vorübergehende Stillung kennt
die Befriedigung eines Babys.
Die Linie Kreativität genügt sich voll
In ihrem genüsslichen Ungenügen.

Welchen Strich soll ich ziehn
unter allerlei Streit
unter manches flüchtige Glück?
Ach ja die Linie Glück die
überlasse ich Glückphilosophen
und anderen Narren.
Wo find ich die große Linie Sinn
wenn die Liebe so einfach
das Höchste nicht ist
eher der Glaube aber wie ich ihn verstehe
und die Hoffnung die ich aus Gründen
noch längst nicht verstehe?

Ich ziehe mutig den Summenstrich
Sinn
und trotz allem dazu noch
den Dank.

Aphoristisches Nachwort

Wie ich (meine) Lyrik sehe

Vorbemerkung

Das Nachwort zu meinem Lyrik-Band „Auferstehung des Ungesagten" von 1980 hatte ich überschrieben: „Hörbares Denken und Erleben. Wie ich (meine) Lyrik sehe". Ich möchte mich diesmal einer vorwiegend aphoristischen Sprache bedienen, teils um dasselbe in kürzerer und womöglich leichterer Form, teils um Weiterführendes zu sagen. Ich gehe aus von Friedrich Hölderlins ironischem „Guten Rat": „Hast du Verstand und ein Herz, so zeige nur eines von beiden, Beides verdammen sie dir, zeigest du beides zugleich." Denn das ist die Grunderfahrung, die man in Deutschland, und im größten Teil der westlichen Welt macht: Entweder bist du Wissenschaftler, auch als Philosoph, oder Künstler. Das Sowohl-als-auch erlaubt man schwerlich jemandem, zumal man zu oft Vermischungen erlebt hat: eine Sprache, die weder wissenschaftlich noch künstlerisch ist, indem sie zu Mystifizierungen Zuflucht nimmt. Echte Mystik, in meiner Sicht eine noch höhere Ebene als die der Kunst, bedient sich dagegen keiner Mystifizierungen, sondern luzider Hinweise auf und Bildern für das Unsagbare. Systematisch-philosophische Begründungen zu dem im Folgenden kurz und wenig argumentativ Vorgebrachten finden sich unter den unten angeführten Schriften des Autors.[1] Gerade aber

1 Zur kunst- und literaturphilosophischen Sicht: Revolution aus Geist und Liebe. Hölderlins ‚Hyperion' durchgehend kommentiert, München 2007, Kap. 2. – Zur Begründung der semiotischen Stufen Handlung – Sprache – Kunst – Mystik: Handlungen, München 2007, Kap. 1. – Zu den Stilfiguren als krönendem Resultat einer philosophischen Sprachtheorie: Sprache, Bd. 5, München 2009.

als philosophischer Systematiker möchte ich das Begründen und Argumentieren diesmal hinter mir lassen. Die Aphorismen wollen ohne Begründung auskommen und die Gründe bloß erahnen lassen. Damit zum Hölderlin-Diktum zurück.

1. Kunst hat mit dem Herzen zu tun, sofern Herz der Inbegriff des spontanen Lebens und seines Ausdrucks ist. Kunst ist, als besonderer Ausdruck des gelebten Lebens, besondere Äußerung des Herzens.

2. Die Besonderheit des künstlerischen Ausdrucks: Er ist reflektierte Äußerung, wenngleich anders als die nachträgliche, theoretische Reflexion der alltäglichen und besonders der wissenschaftlichen Sprache. Die Einheit von Spontaneität des Lebens und dessen Spiegelung, die in sich gespiegelte Spontaneität, macht Kunst aus.

3. Kunst ist Ausdruck des Ausdrucks, spiegelnde Steigerung des normalen Ausdrucks. Sprechen, rufen, gestikulieren, malen, singen, tanzen kann jeder Mensch. Kunst ist solches Ausdruckshandeln, durch den inneren Spiegel qualitativ gesteigerter Ausdruck. Das hergebrachte Singen und Musizieren erfährt so eine Steigerung, nicht in Richtung Schreien und Lärmen, sondern in Richtung Disziplinierung: das Singen singen, das Musizieren musizieren.

4. Auch Gefühle sind gelebtes Denken. Sie sind die begleitende Selbstreflexion eines Menschen, die Spiegelung seiner sich wandelnden Beziehungen zu Dingen, Mitmenschen und kulturellen Singgehalten.

5. Denken und Fühlen, ebenso wie genaues Wahrnehmen und Intuieren, lassen sich nur schwer ins Gleichgewicht zu bringen, wie C. G. Jung betonte. Sie aber grundsätzlich entgegenzusetzen oder auch nur eine dieser Funktionen als notwendig unterbelichtet zu erklären, ist schon das Fallen aus der Ganzheit, das mit dieser Erklärung vermieden werden soll.

6. Kann Kunst jeder? Ist jeder Mensch ein Künstler (Joseph Beuys)? Potentiell ja, aber auf wie viel verschiedenen Stufen! Allerdings, schon die verständige Aufnahme von Kunst ist ein künstlerisches Tun. Diese Kunst kann jeder bei gutem Willen.

7. Die Ausdruckssteigerung der Kunst kann eine Meta-Sprache genannt werden: eine Sprache jenseits der Sprache. Warum spricht der Pantomime denn um Himmels willen nicht? Ist es nicht einfach albern, die Sprache wegzulassen? Aber er will gerade im Weglassen der Sprache über diese hinaus. Alle Kunst ist pantomimisch: Übersteigen der normalen Sprache, je nach Zeitstil durch „barocke“ Steigerung oder durch Weglassen ihres normalen Überflusses.

8. Aber die Sprachkunst, ist auch sie pantomimisch? Ja, genau in dem Sinne, dass die alltäglichen Sprachbedeutungen (Semantik) nicht mehr das Entscheidende sind. Entscheidend ist die Erfindung einer Sprache jenseits der Normalbedeutungen, einer Grammatik jenseits der Grammatik, eines meta-syntaktischen Beziehungsgeflechts über die normale Syntax hinaus.

9. Das unterscheidet Sprachkunst von normaler und fachlicher Gebrauchssprache: die meta-syntaktischen Bezüge. Nicht etwa die Fiktionalität.

10. Jedes lyrische Gedicht, gerade auch von den modernsten, arbeitet wesentlich mit meta-syntaktischen Wendungen. Es ist ein großes Vergnügen für den Kundigen, diese herauszuarbeiten. Ein gutes Gedicht lässt sich niemals kaputtanalysieren, ein schlechtes immer, weil es keine meta-syntaktische Substanz hat, weil es nichts zum dauerhaften Staunen hergibt über sonst unnennbare Inhalte, die erst durch solche Formen zustande kommen.

11. Dass sich ein Gedicht auf seine Stilfiguren und –merkmale hin analysieren lässt, heißt aber nie und nimmer, es ließe sich von diesen her konstruieren. Was die Bezeichnung Gedicht verdient, ist niemals primär Ergebnis theoretischer Konstruktion (selbst wenn es, wie Benn sagte, gemacht wird und nicht einfach entsteht).

12. Die mir wichtige Bezeichnung „Sinnmusik" zielt die unauflösliche Einheit von Klang und Bedeutung an, die sich in einem Gedicht ereignet bzw. ereignen will. Es ist daher sinnlose Pedanterie, die Klanggestalt eines Gedichtes (Alliterationen, Assonanzen, Lautverwendung, Reime, Rhythmus usw.) getrennt von seiner Sinngestalt zu analysieren. Die Analyse dieser Außenseite kann nur Vorbereitung sein.

13. Die Sinngestalt ihrerseits besteht nicht allein aus den semantischen Bedeutungen der Wörter und Sätze, sondern ist meta-syntaktisch hervorgebracht. Lautgestalt und syntaktische Gestalt sind zwei Seiten der selbst inhaltserzeugenden

Form. Formgestalt und Sinngestalt machen in ihrer Untrennbarkeit die Sinnmusik eines Gedichtes aus.

14. Die lyrische Sinnmusik ist im Rahmen Sprachkunst das, was im Gesamtrahmen der Künste die Musik darstellt: reine Syntax von sinntragenden Klangbeziehungen.

15. Dass die Herkunft der Literaturgattungen aus den Dimensionen der Sprache – bei allen weiteren kulturellen und geschichtlichen Abwandlungen - noch keine allgemeine Erkenntnis und Lehre ist, gründet im gegenwärtigen Zustand der Sprachtheorie wie der Literaturtheorie. Er wäre kurz und einfach als unphilosophischer Zustand zu benennen, wenn nicht auch „Philosophie“ mit dem Ruf des Ungefähren und Willkürlichen bzw. des folgenlosen Spiels so genannter „Sprachanalyse“ behaftet wäre.

16. Es gibt freilich grenzüberschreitende Werke (etwa Romane mit eingestreuten Gedichten oder Essays) und Gesamtkunstwerke wie Goethes „Faust“ und Hölderlins „Hyperion“. Das relativiert jedoch keineswegs die Existenz literarischer Gattungen. Das Approximative in der Analyse des Konkreten widerspricht nicht der genauen Begriffsbildung im Allgemeinen.

17. Die Unterarten der lyrischen Gattung unterscheiden sich in der Art, ob und wie das dichterische Erleben und seine Zeit in die Sprache eingeht. Dichterisches Erleben (Wahrnehmungen, Gedanken mit emotionalem Widerhall und gefühlsgeladene Begegnungen und Ereignisse) kann bei jedem guten Gedicht vorausgesetzt werden, auch bei der didaktisch-lehrhaften Gedankenlyrik.

18. Um ein großes, bekanntes Beispiel für Gedankenlyrik zu nehmen: Goethes Astrologie-Gedicht aus den „Urworten. Orphisch“ - „Wie an dem Tag, der dich der Welt verliehen,/ die Sonne stand zum Gruße der Planeten/…“ - zählt sicher zu den gedanklich betonten Gedichten und ist zweifellos zugleich erlebnisträchtige lyrische Sinnmusik.

19. Die meisten Gedichte der vorliegenden Sammlung sind als primär lyrische Lyrik (das heißt nicht didaktische, nicht epische, nicht agitatorische) zugleich Erlebnislyrik in dem Sinne, dass die Zeit des ursprünglichen Erlebens in der Sprache widerklingen will und die Erlebnisse reproduzierbar werden sollen.

20. Es geht in der Erlebnislyrik keineswegs primär darum, dass der Leser/Hörer das Erlebnis des Dichters als ein persönliches nacherleben soll. Dem Autor ist an einem Exhibitionismus seines Erlebens überhaupt nicht gelegen, im Gegenteil: Er verbirgt sein Persönliches gern hinter den allgemeinen Gehalten in seinem besonderen Erleben. Er wird gerade durch dieses Verbergen des bloß Individuellen zum Überpersönlich-Allgemeinen getrieben.

21. Das Denkwürdige ist, dass sich am Einmalig-Ereignishaften des Erlebens mit Hilfe der Sprache allgemeingültige Gehalte herauskristallisieren, die für andere interessant und hilfreich sein können – und zwar gerade in der Schwebe zwischen dem Allgemein-Interessanten und dem Ereignishaften.

22. So wird dem Leser ein Angebot gemacht, das Sprachgebilde zur Interpretation und Deutung seines eigenen Erlebens oder zumindest seiner Erlebnismöglichkeiten zu verwenden. Ein Gedicht zu verstehen, heißt nicht Nachforschen,

was der Autor wohl erlebt und gedacht hat, sondern welches eigene Erleben ich anhand des Sprachgebildes selbsterlebend und selbstdenkend auf den Punkt bringen kann – mit Hilfe des „Zauberstabs der Analogie“ (Novalis), in diesem Fall zwischen meinem Erleben und deinem.

23. Ein Wort zur Sprache und damit zum Titel dieser Sammlung: Dass die Sprache nicht passives Werkzeug-Medium bleibt, sondern als Sinn-Medium eine eigene Aktivität entwickelt, ist das besondere, nicht alltägliche Glückserlebnis des Gelingens. Man hat es früher Inspiration genannt, und es grenzt in der Tat an spirituelle Phänomene. Möge dieses Glückserlebnis mit der Sprache Autor und Leser/Hörer verbinden!

Inhalt

Johannes Heinrichs,
REVOLUTION AUS GEIST UND LIEBE
„Hyperion“ ist Hölderlins Frühwerk. Zusammen mit dem Steno Verlag haben wir die erste durchgehend textnah kommentierende Fassung von Hölderlins Hyperion herausgebracht. Hölderlins einziger, wenig bekannter Roman vereint eine naturphilosophische Sicht, verwandt mit seines Studienfreundes Hegels Ideen. Eine Liebesgeschichte und ein politisches Manifest, das gleichzeitig eine verblüffend aktuelle Kritik deutscher Verhältnisse darstellt.

Hardcover, Fadenheftung,
597 S., Karten
22,00 Euro (D)
22,00 Euro (A)
ISBN 978-954-449-311-0

ISBN 978-954-449-327-1
216 Seiten, Kart.
10,00 Euro

Der Autor setzt die philosophische „Kunst der Begriffe“ gegen die weithin übliche „Wolkenschieberei“ mit Nebelworten, die selbst ein Hauptproblem der derzeitigen tiefen Kulturkrise darstellt. Die konkret anstehenden Kulturfragen (*Clash of Civilizations*, Religion und Kultur, Wirtschaftsdominanz, Migration, Weltsprachensituation) werden in eine systematische Kulturtheorie eingebettet. Das Buch verbindet faszinierend und mit integralem Problembewusstsein konkrete und diskussionsfähige Vorschläge - vor allem die Institution eines eigenen Kulturparlaments.

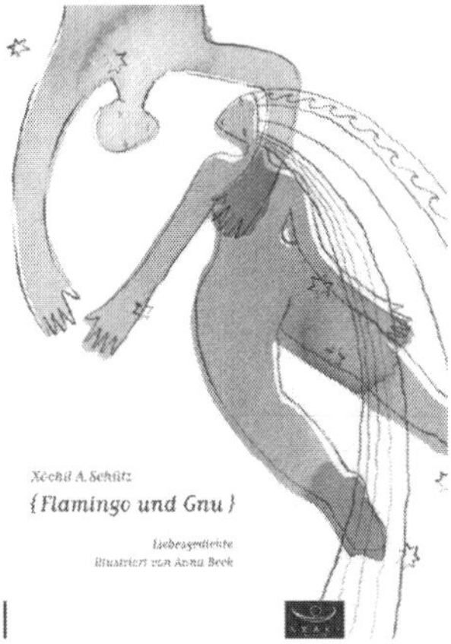

84 S., Paperback, Fadenheftung,
durchweg 2-farbig gestaltet
9,90 Euro (D), 9,90 Euro (A)
ISBN 978-3-936149-12-8

FLAMINGO UND GNU
Schütz, Xóchil A. -
2. erweiterte Auflage

Dieser Band versammelt die schönsten Liebesgedichte von Xóchil A. Schütz, *1975. „Ein hoher Ton, fast schon ein Gesang, eine Ode.“ (Kieler Nachrichten) „Lasziv-poetische Texte.“ (Thuner Tagblatt), „Berühmt für ihre Poetry.“ (ZDF) Ein wunderschönes, bibliophiles Buch.
Xóchil ist eine der aktivsten deutschen Slammerinnen. Erfolge in Berlin und Hamburg, eine CD, viele Buchbeteiligungen, diverse Preise.
Buchkunst Anna Beck

TRAUMGEBOREN
Gedichte
Eire Rautenberg
„Lyrik, die Dunkelheit ins Licht setzt. Sprachmalereien entführen in ein Meer geistiger Entdeckungen, die mal romantisch, mal philosophisch sind.“ TRAUMGEBOREN spricht viele Altersstufen und mehr als eine Szene an. Es bietet ästhetische und besinnliche Auseinandersetzungen mit Themen des Alltags, die unseren Reifeprozess begleiten.
Eire schmückt den Tag mit Gedankenbildern, die innere Auseinandersetzung im kreativen Sinn anregen.
Eire Rautenberg, 1956 in Dortmund geboren, gründete 1984 eine bis heute bestehende und erfolgreiche Buchhandlung im Ruhrgebiet. Seit dieser Zeit hat sie vielbeachtete Artikel für Magazine und den Roman Dona da Casa geschrieben.
Seit ihrer Jugend ist Eire Lyrikerin. TRAUMGEBOREN gilt als ihr poetisches Hauptwerk.

120 Seiten, Paperback
14,80 Euro (D)
14,80 Euro (A)
überarbeitete und ergänzte.
Neuauflage
ISBN 978-3-941848-01-6

Weitere Bücher aus dem Araki Verlag:

DIE WELT ALS ORGANISMUS - Leopold Ziegler
Ziegler, der vielleicht bedeutendste Philosoph des 20 Jhd.aus dem Umfeld der Begründer des Grundgesetzes, umreißt in fast abstrakter Knappheit Daseinsfragen der Postmoderne im Sinne einer Neuberwertung von Kultur, Mensch, Religion und Umwelt. Geeignet als Oberstufenlektüre Ethik, Deutsch, Religion.
ISBN 978-3-941848-12-2 18,00 €/ 6,80 €/ Lehrerbestellung 5,00 €

MESSAGE STONE - DAS VERMÄCHTNIS und
MESSAGE STONE - DIE QUESTE - Steven O. Guth
Ein heiliger Stein der australischen Aboriginals eröffnet Zeit und Raum und lässt Orte „träumen". Steven beschreibt in Bd.1 tiefere Ebenen der Aboriginalkultur und in Bd.2 die Wirkung des Steins in Deutschland an geschichtsträchtigen Plätzen.
Bd1 ISBN 978-3-941848-07-8 9,90 €
Bd2 ISBN 978-3-941848 09-2 14, 50 €

ABRAHAM VON WORMS - BUCH ABRAMELIN - Hg.Georg Dehn
„Das magische Testament eines hebräischen Gnostikers". Biografie eines der legendärsten hermetischen jüdischen Autoren des Mittelalters einschließlich seiner Erkenntnisse aus seiner Ägyptenreise. Engl. Übersetzung bei Ibis Press erhältlich.
ISBN 978-3-936149-00-5 29,80 €

EIN MESSIAS AUS GALILÄA - Paul J. Weiland
Gründlich recherchierte Jesus-Biografie mit neuen Blickwinkeln, auch auf die Geschichte des Christentums, aufgrund von bisher unbeachtet gebliebenen Quellen, z. B. aus dem Judentum. Scharfe Trennung des historisch Beweisbaren vom Verherrlichten, Legendären. Ethisch-moralische Schlussfolgerungen.

ISBN 978-3-936149-07-4 48,00 €

ARAKI

Alle Bücher sind demnächst auch als e-book erhältlich.
Der ARAKI Verlag ist eine Tochter der **Gesellschaft für Integrale Ökologie und Sozialforschung.** Wir sind ein gemeinnütziger Verein, basierend auf der Idee der Mitwelt, die ausdrückt, dass der Mensch ein Teil der Welt und untrennbar in das Universum integriert ist.

00 49 341 3919966 redaktion@araki.de

www.araki.de

Die Bücher unseres Verlags gibt es in jeder guten Buchhandlung.

Wir sind bei allen Bücherwagendiensten gelistet und liefern schnellstmöglich.